KB019043

길을 잃지 않으시기를,

고되지 않은 여행을 하시기를

바랍니다.

처음
사랑하니까
그럴 수 있어

처음 사랑하니까
그럴 수 있어

1판 1쇄 발행 2020년 4월 28일

글 · 그림 요적
펴 낸 이 신혜경
펴 낸 곳 마음의숲

대   표 권대웅
책임편집 전유진
편   집 전태영 채수희
디 자 인 임정현 박기연
마 케 팅 노근수 허경아

출판등록 2006년 8월 1일(제2006 - 000159호)
주   소 서울특별시 마포구 와우산로30길 36 마음의숲빌딩(창전동 6-32)
전   화 (02) 322 - 3164~5 **팩스** (02) 322 - 3166
이 메 일 maumsup@naver.com
인스타그램 instagram.com/maumsup
용지 타라유통(주) **인쇄 · 제본** 스크린그래픽

ⓒ요적, 2020
ISBN 979-11-6285-059-6 (03810)

＊이 도서의 국립중앙도서관 출판예정도서목록(CIP)은 서지정보유통지원시스템 홈페이지(http://seoji.nl.go.kr)와
 국가자료종합목록 구축시스템(http://kolis-net.nl.go.kr)에서 이용하실 수 있습니다.
 (CIP제어번호 : CIP2020016051)

당신의 사랑은
아프지 않나요?

처음
사랑하니까
그럴 수 있어

글·그림 요적

마음의숲

"강렬한 사랑은 판단하지 않는다. 주기만 할 뿐이다."

Intense love does not measure, it just gives.

- 마더 테레사 Mother Teresa

차례

1장

마음은
물물교환이
안 되니까

#마음은 선불이에요

어서 오세요.

좋아하는 애가 생겨서 왔는데요.

마음은 선불이에요.

음…

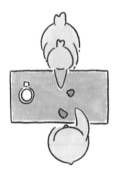

요만큼만 낼게요.

부족할 수도 있는데
괜찮겠어요?

다 주면 너무 아픈걸요…

잘 가요.

#올인

으... 추워.

개는 내가 마음을 준 걸
모르는 거 같아요.

너무 조금 준 거 같은데
좀 더 줘보는 게 어때요?

음…

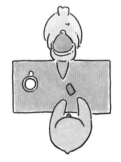

그럼 있는 거
다 드릴게요.

잘 가요.

으으… 너무 춥다…

이제 그 애도 날 생각하겠지?

#마음은 물물교환이 안 되니까

어서와요.

으으... 추워...

저는 있는 마음 다 줬는데,
걔는 조금도 안 주던데요?

마음을 주고받는 건
물물교환이 아니니까요.

주면 받을 수 있을 것처럼
말했잖아요.

복권 같은 거죠.
마음을 주기 전에는 알 수 없는…
이번에는 아닌가 보네요.

잘 가요.

비어 버린 마음은 어떻게 하지…

마음을 다 주지 말걸.
어차피 받아주지도 않을 마음이었는데.

이미 헤매고 있잖아.

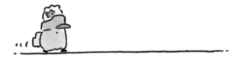

그래도 나오니까 좋지 않아?

그런가…?

하늘 좀 봐.
구름 한 점 없이 맑아.

우와아…

텅 비었네.
내 마음처럼…

이런.

나비 좀 봐.
벌써 봄인가 봐.

우와아…

귀엽게 생겼네…

그치?

개처럼…

으아아.

비어 버린 자리가…
채워지지 못한 마음이…

너무 아파…

이러언.

#잔인한 사랑

?

어디 아프세요?

몸은 아니고,
마음이 아프대.

저런.

헤어졌나요?

그건 아닌데, 비슷해.

저러언.

정신 차리게 할 방법 없을까?

글쎄요…

사랑에 얽힌 문제는
잔인하거든요.

어쩔 수가 없다는 점에서,

누군가를 죽도록 아프게 한다는 점에서,

책임을 물을 곳이 없다는 점에서.

어느 놈이 그랬어요?

제가요.

자연재해 같은 비극이죠.
해줄 수 있는 게 없어요.

큰일이네.

#사랑에는 약이 없어

오랜만이네 너희!
잘 지냈어?

여어, 오랜만.

펭귄은 왜 이래?

짝사랑하다가
마음을 떼어먹혔어.

저러언.

뭐 기운낼 만한
물건 없어?

어디 보자…

술기운?

그거 말고.
약은 없어?

사랑에는 약이 없는걸.

시간이 약이라는
진부한 이야기를 듣고 싶은 건 아니잖아.

#새 어항

내가 가진 건 아픔을 덜어주는
진통제가 고작이야.

그거라도 줘.

근데 이건 혼자서 못 발라.

그럼 발라줘.

그건 좀…
우리, 그 정도 사이는 아니잖아.

그럼 뭐 어쩌라구?

그런 너를 위한…

새 어항이 있지!

어항으로 뭘 어떡하라구?

보이는 게 다가 아니야.

일단 들어가 봐.

사기 아니지?

고럼.

어때?

뭔가…

이상…

…한데?

이게 뭐시여.

마법 걸린 어항이야.

이제 네가 발라주면 되겠지?

이야,
장사 열심히 하네.

으음…

깼어?

여긴…

지옥인가 보네.

왜?

네가 있잖아.

지옥의 고통을
찌끔만 맛봐라.

크헹

아픈 거 보니 살아 있나?

한 대 더 필요해?

살아 있구나.

그 팔다리는 어디서 났어?

샀지.

네 카드로.

우와.

비싸더라.

그래서 할부로 했어.
잘 했지?

다시 기절할래.

안 돼. 할부 갚아야지.

#촛불 같은 마음

그래서,
마음은 좀 정리됐어?

조금?

내가 어떤 마음이었는지는
좀 알 것 같아.

어땠는데?

촛불 같은
마음이었던 것 같아.

심지에 튄 작은 불꽃에
애정을 품어 버리고는

나를 녹여 그 마음을
계속 태웠던 거야.

어쩌면, 걔도 나와
같은 마음일지도 모른다는 기대를 품고서.

하지만 희망이 디 녹을 떄끼지
그런 일은 일어나지 않았고

오갈 데 없는 마음은

나만 태우고 끝나 버린 거지.

녹아 버린 자존감과
캄캄한 외로움만 남기고.

그게 내가 했던
짝사랑이었던 것 같아.

#잘 모르니까 좋아한 거야

그만둘 수는 없었어?

좋아하는 걸?

응.

어쩔 수가 없는 마음이었는걸.

혹시 정말, 만에 하나라도
걔도 날 좋아할지도 모른다는
희망을 버릴 수가 없었거든.

걔가 그렇게나
매력 넘치는 애였어?

그랬던 것 같지만…

그렇다고 하기에는
난 걔를 잘 몰랐어.

잘 모르는데
그렇게 좋아한 거야?

오히려 몰랐으니까
그렇게 좋아한 게 아닐까?

모르는 부분을
달콤한 기대와 상상으로 채워서

그 속으로 뛰어들었던 것 같아.

난 사랑에 빠진 게 아니라
내 상상에 빠졌던 걸까?

나야 모르지.

#진짜 사랑을 찾으러

계속 가 보자.

어디로?

외로움을 버리러.

그리고, 진짜 사랑을 찾으러.

새로운 사랑?

아니.

내가 품었던 마음이
사랑이 아니었다면,

세상 어딘가에는 진짜 사랑이 있겠지.
그걸 알고 싶어.

2장

오직
한 명을 위한

#나눌 수 없는 외로움

안녕하세요?

안녕?

혹시, 외로움을 버리는 방법을
아는 분 계세요?

알아?

아니. 너는?

나도 모르는데?

모르지.

아무도 몰라.

왜?

너희는 함께잖아.
많은 것을 함께하고
서로를 이해하지 않아?

맞아.

우리는 많은 걸 함께 나누지.
좋은 것도, 나쁜 것도.
그리고 서로를 잘 알아.

하지만,

우리는 외로워.

왜요?

외로움은 나눌 수 없거는.

나눌 수 있다면,
그건 외로움이 아닐 거야.

#외로울 수밖에 없는 걸지도 몰라

응. 잘 자구,
내일 연락할게.

그래. 나도 사랑해.

저기, 뭐 좀 물어봐도 돼?

뭔데요?

사랑을 하면 외롭지
않을 수 있어?

음…

사랑은
외로움을 많이
덜어주긴 했어요.

하지만 그런 와중에도
종종 외로운 순간들이 있죠.

내가 더 많이
사랑한다고 느낄 때,

나를 사랑하는 게 아니라
사랑의 주인공이라는 역할을 사랑하는 모습을 볼 때,

사랑조차도 우리를 하나로
만들 수 없다는 걸 알았을 때,

사랑 안에서도 외로움을 느끼죠.

좀 어렵네요.

이 문제가 쉬웠다면,
사랑이 곧 정답이었을 거예요.
하지만 그렇지 않잖아요.

우리는 어쩌면, 외로울 수밖에
없는 걸지도 몰라요.

#사랑의 조건

안 외로운 동물은 없네.

그러게.

친구도, 사랑도 외로움을 없앨 수 없다면,
외로움은 불치병인 걸까?

어쩌면,

우리가 만난 이들의 관계가
덜 완성되었던 건 아닐까?

다른 누군가는 완전하고 진짜인
사랑 같은 걸 하고 있을 수도 있지.

그게 누군데?

뭐… 사랑할 조건을 갖춘,
사랑받고 사랑하는 이들?

음…

그 사랑의 조건이라는 건 뭔데?

글쎄?

만나는 동물들한테
물어보면 알 수 있지 않을까?

♯조건 없는 사랑

돈이지, 당연히.
경제력이 받쳐줘야
사랑할 여유가 나오니까.

외모가 중요하죠.
잘 생긴 게 최고야.

성격이요.
오래 만나려면 성격이 좋아야죠.

다들 조건이 다르네.

그러게.

바라는 조건에 맞는
상대를 만나는 게 중요한 걸까?

근데,
나 궁금한 게 생겼어.

뭔데?

내가 어떤 이유 때문에
상대를 사랑하는 거라면,

그 조건이 사라졌을 때는
사랑도 사라지는 거잖아.

그렇다면 그건 상대가 아니라
상대가 가진 조건을 사랑하는 거구.

네가 예뻐서 너를 사랑해.

내가 못생겨지면?

그땐 아니지.

조건이 없어도 사랑을 유지할 수 있어야
진정한 사랑 아닐까?

네가 못생겨져도
너를 사랑할 거야.

어맛.

난 좀 생각이 달라.

어떤데?

그쪽이 훨씬 낭만적이고 성숙해 보이기야 하지만,
나는 그런 사랑은 본 적이 없는걸.

오히려 아무런 조건 없이 나를 사랑해달라는 건
이기적인 요구 같아.

사랑하니까 다 괜찮지?

그런 조건 없는 사랑이
세상에 존재하긴 할까?

그저 바람 섞인 환상은 아닐까?

그런가…

저기,

사랑이 뭐라고 생각해?

사랑이요?

재미 없는 농담 같은 거예요?

아니. 진짜 궁금한 건데?

그런 건 없어요.
다 거짓말이에요.

왜 그렇게 생각하세요?

사랑이라는 건, 우리의 관계는 짐승들의 관계와는 다른
고귀한 무언가라고 포장하기 위한 얄팍한 수단이니까요.

쾌락과 본능의 적나라한 모습을 받아들이지 못해서

사랑이니 뭐니 하는 그럴듯한 이름을 붙여서
치장하는 것뿐이라구요.

지성적인 존재인 우리는 그들과 다르다고,

우리의 관계는 본능 이상의 것이라고,
정신과 영혼의 고결한 맺음이라고 주장하는 거죠.

하지만 그래봤자 얄팍한 언어로
포장한 욕망이라는 점은 변하지 않아요.

그런 걸 찾아다니는 건
바보 같은 헛고생일걸요.

사랑은 정말 본능의 포장에
불과한 걸까?

하나의 의견이지,
그게 사실은 아니잖아.

하지만 저 생각이 맞다고 한다면,
더 이상 사랑을 찾을 이유가 없는걸.
그냥 본능적으로 살면 그만이잖아.

난 그게 전부라고 생각 안 해.
다른 동물들은 생각이 다를걸?

으음…

저기,
뭐 좀 물어봐도 돼?

뭔데요?

사랑이 뭐라고 생각해?

어…
갑작스러운
질문이네요.

저희는 사랑이 뭔지 찾고 있는데,
방금 사랑은 그저 본능의 포장이라는
말을 들었거든요.

그래서, 다른 분들의 의견도
궁금해서 물어본 거예요.

내 말이 그 말이야.

아하.

그럼 제가 먼저
하나만 물어볼게요.

뭔데요?

당신의 삶이 한 편의 이야기라면,
그 주인공은 누굴까요?

저겠죠?

왜요?

제 삶이니까
제가 주인공이겠죠.

무대 위에 있다고
다 주인공이 되진 않죠.

삶에서 주인공이 되는 건 그렇게 쉽지 않아요.
그게 당신의 삶이라고 해도요.

별다른 노력 없이도 특별함을 인정 받고,
주인공 대접을 받는 건
아주 어릴 때나 누릴 수 있는 특권이죠.

아이구, 똥도 잘 싸네.

그 시기가 지나면,
의미 있고 특별한 주인공은커녕

누군가에게 필요한 존재가 되는 것조차도
힘들고 어려운 일이라는 걸 알게 되죠.

당신을 언제든 갈아끼울 수 있는 한 개의 부품이나

힘들면 그만둬.
너 말고도 할 애들은 많거든.

이름 없는 행인으로 취급하는 무대 위에서

당신은 정말 이야기의 주인공이 당신이라고
확신할 자신이 있나요?

음…

그래서 우리는
그토록 사랑을 원하는 거예요.

사랑 안에서는
오직 단 한 명을 위한 말과 행동, 관심이 오고 가죠.

오로지
한 명을 위한 관심, 한 명을 위한 시간,
한 명을 위한 애정을 주고받는 거예요.

그건 다른 관계에선 주고받을 수 없는,
사랑이 아니면 만들어지지 않는 특별함이죠.

그렇기에, 저는 사랑이
본능이나 욕망의 포장지가 아니라

삶의 의미를 만들고 믿게 해주는
중요한 가치라고 생각해요.

3장

단단한 말뚝

⌗내 사랑은 특별해

앉아도 될까요?

응. 난 금방 갈 거야.

그녀하고 데이트하는
날이거든.

좋겠네.

그 분을 사랑하시나 봐요.

음…

그건 너무 투박한 말이야.

사랑?

사랑이라는 두 글자는
너무 달콤하기만 한 것 같거든.

우리 관계는 그렇게 단순하지 않아.
단 두 글자로 줄여 부르기에는 너무나도 복잡하고, 미묘하지.

다른 이들에게는 세상의 많은 사랑 중 하나로 여겨질지 몰라도
나는 그렇게 여길 수 없달까?

특별하다는 의미야?

그런 셈이지.
내 사랑이니까.

다들 그렇게 생각하니까 보통의 연애는 있어도
보통의 사랑은 없는 게 아닐까?

음…

왔어?

미안. 오래 기다렸지?

아니아니.

#조각을 하나로 만들어줄 이

똑 떨어지는 답은 안 나오네.

그러게.

커피라도 마시고
생각해야겠어.

어서 오세요.

카페 모카 따뜻한 걸로
한 잔이요.

그리고,
사랑이 뭐라고 생각해?

?

사랑이요?

응.

저한테 관심 있으세요?

그런 의미는 아닌데…?

우린 서로에게 관심을 쏟을 정도로
친밀하지 않으니까요. 그죠?

남남이지.

그래서
손님에게 저는 바리스타고
손님은 제게 손님이죠.

응.

하지만 바리스타라는 건
제 직업일 뿐, 저는 그것 말고도
수많은 면들을 갖고 있어요.

부모님의 자식이자, 누군가의 친구이자,
나름의 과거를 가진 동물이고, 무엇을 좋아하고 싫어하는지…
온갖 조각들이 있죠.

하지만 그 모든 걸 공유하며 살 순 없어요.
우리의 시간과 여유는 충분하지 않으니까요.

그래서 일상의 저는
단면만을 가진 존재로 살죠.

이렇게 조각조각 살아가는 저를

관심과 시간을 들여 알아가고
하나로 만들어줄 이.

그리고 나조차도 몰랐던
나를 알게 해줄 이.

저에겐 그게 사랑이에요.

#사랑에 빠지는 것과 유지하는 것

꽃이 되게 예쁘네요.

고마워용.

다들 이 꽃을 좋아하겠어요.

다들 예쁘다고
칭찬해줘서
뿌듯하죵.

제 사랑하는 꽃이에용.

음…

우리도 이 꽃을 사랑한다고
말할 수 있을까?

그건 아무래도
어려운 일이지용.

왜?
우리가 보기에도
사랑스러운 꽃인데.

여러분은 여행자이기에
꽃의 예쁜 면만을 보고 떠나겠지용.

꽃을 기르고 보살피는 건
여행자의 일이 아니니까용.

하지만 그렇기에 여러분은 이 꽃의
예쁜 모습만을 애정할 수 있을 뿐,

가시의 뾰족함, 비료의 악취,
돌봄의 번거로움은 알 수가 없죠.

하지만, 그런 걸 모르니까
사랑에 빠질 수 있잖아요.

맞아용.
그저 예쁘게만
볼 수 있죵.

하지만 사랑에 빠지는 건
사랑의 입구에 들어간 것일 뿐,

사랑을 유지하는 것과는
아주 다른 문제예용.

사랑에 빠지는 것은 상대의 찬란한 모습을
얼마나 애정하는지에 달려 있는 일이지만

사랑을 유지하는 것은 찬란함의 그림자를
어떻게 껴안는지에 달려 있는 일이니까용.

그리고 그런 그늘진 부분은 반짝임에 가려
잘 안 보이기 마련이구용.

그렇기에,
가벼운 바람 같은 여행자의 발걸음으로는
사랑을 하기 어렵다고 생각해용.

안녕하세요?

종교 권유나 전단지는
미리 사양할게.

그런 건 아닌데요.

사랑이 뭔지 알아?

사랑?

응.

그걸 왜 찾는데?

그야, 사랑이 있으면 덜 외롭고,
좀 더 행복해질 수 있으니까요.

행복이라.

넌 사랑을 너무 믿고 있군.

어… 제가요?

사랑은 좋은 것이기는 하잖아요.
믿을 만하지 않나요?

좋은 것이라.

많은 이들이 너처럼 사랑을
포근하고, 따뜻하고, 좋은 것으로 여기지.
사랑을 믿고, 의심하지 않아.

그래서 사랑을 믿는 게 오히려 관계를
파괴할 수도 있다는 사실을 보지 못해.

사랑을 믿는 게
관계를 망칠 수 있다고?
어째서?

그 믿음을 행동으로
옮기는 게 문제가 되지.

애정 어린 관심이라며
지나친 집착을 하거나,

뭐해?

상대가 더 나아졌으면 좋겠다는 마음을 핑계로
도움도 아닌 상처를 주거나,

내가 생각하기에 좋은 것은 언제나
상대에게도 좋을 것이라며 배려 아닌 배려를 하는 것이지.

그리고 그런 행동을 상대가 거절하면
자신의 마음이 거절당했다고 여기며 섭섭하다고 말해.

난… 널 생각해서
그런 건데…

하지만 그건 착각이야.

어떤 착각?

사랑이라는 이름이 면죄부라는 착각.

사랑은 좋은 것이니까
사랑에서 비롯된 행동들도 정당하고 옳다고 믿는 거야.

그런 믿음을 가지면 상대를 상처입히면서도
아무런 죄책감도 느끼지 않게 되지.

다 너를 생각해서
이러는 거야!

자신이 하는 행동의 의도를 굳게 믿은 나머지
스스로를 의심하지 못하게 되고

오히려 자신의 집착이나 간섭을 받아내지 못하는
상대가 잘못했다고 여기게 되는 거야.

왜 내 사랑을
받아주지 않는 거야?

사랑해서 한 행동이
언제나 사랑으로 닿는 건 아니라는 거네.

맞아.

사랑은 분명 좋은 면을 갖고 있지만,
무조건적인 믿음이나 생각 없는 실천만으로는
자기만의 사랑에 머무를 뿐이야.

내 사랑이 상대에게도 사랑으로 닿으려면
마음 가는 대로 다가설 게 아니라
신중하게 생각해서 행동으로 옮길 필요가 있어.

#날카로운 솔직함

저기, 길 좀 물어봐도 될까요?

그럼요.

카페가 어딘지 아세요?
고양이가 하는 작은 카페요.

아, 그 카페면…

이쪽으로 쭉 가시면 나와요.

큰길 따라서 쭈욱.

아, 고마워요.

우리도 뭐 좀 물어봐도 돼?

물론이죠.
어딜 찾고 계신데요?

우리는 사랑을 찾고 있어.

사랑이요?

그거, 가게 이름은 아니죠?

네. 사랑이 뭔지 궁금해서
찾고 있어요.

사랑이라니, 어려운 질문이군요.

그렇죠? 대답 안 하셔도
괜찮아요.

사랑이 뭔지 대답을 드릴 수는 없겠어요.
저도 잘 모르거든요.

괜찮아.

그렇군요.

그래도, 사랑에 필요한 것 정도는
얘기해드릴 수 있겠네요.

어떤 게 필요한데요?

솔직함이요.
저는 사랑에는 솔직함이
필요하다고 생각해요.

거짓이나 가식이 아니라,
진심으로 관계를 맺는 거죠.

하지만 솔직함은 날카롭잖아.

연인 사이라도 모든 말을 솔직하게 하는 건
별로 좋은 생각이 아닌 것 같은데.

솔직히, 오늘따라
유난히 못생겨 보여.

흐엉.

그건, 솔직함에 대한 오해예요.

오해?

분명 솔직함은 날카로워요.
거짓과 가식이 가진 안전함은 없죠.

하지만 있는 대로 모든 말을 다 꺼내놓는 건
제가 말하는 솔직함이 아니에요.
그건 배려가 없는 거죠.

하하. 우니까
더 못생겼당.

흐이잉.

위험하고 무례할 뿐,
아무런 의미 없는 날카로움이에요.

내가 좀 솔직한 거 알지?
네가 이해해.

제가 말하는 솔직함도 날카롭긴 하지만,
그것과는 달라요.

그럼 뭔데?

당장의 상처나 갈등을 피하기 위해
거짓과 가식으로 포장한 진심을

나 완전 아무렇지 않은데?

용기를 내서 꺼내는 거예요.

사실은…

타인을 상처입히는 날카로움을 버리는 게 아니라,

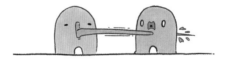

서로가 상처입을 수 있음을 알면서도
숨겨진 진심을 꺼낼 용기를 내는 것이죠.

이게 거짓 없는
내 마음이야.

그 날카로움은 분명 거짓보다 불편하고,
싸움으로 이어질 수도 있어요.

내가 섭섭한 건…

하지만 그게 두려워 잘못된 부분을
계속 덮어두기만 한다면

…아냐, 아무것도.

결국 관계 자체가 거짓이 되어 버리고 말거든요.

정말 괜찮아?

응, 괜찮아.

그걸 극복하는 게
제가 생각하는 날카로운 솔직함이랍니다.

꽤 용기가 필요하겠네요.

맞아요. 쉽지 않은 일이죠.

하지만 진심을 나누는 관계는
용기를 내어 얻어낼 가치가 있으니까요.

#단단한 말뚝

여기에 배가 있다던데…

안녕하세요.

강을 건너고 싶은데요.

미안하지만, 그건 어려울 것 같네.

왜요?

배가 떠내려갔거든.
아마 배를 매어둔 말뚝이 썩어 버린 모양이야.
진작 바꿨어야 했는데.

그래서,
여긴 배 없는 뱃나루고
난 배 없는 뱃사공이라네.

그렇군요.

자네는 무얼 찾아
여기를 건너려는 겐가?

저는 사랑을 찾고 있어요.

사랑이라,
참 어려운 것이지.

그러게요.

그러면 자네도
단단한 말뚝이 필요할 텐데,
갖고 있는가?

무슨 말뚝?

말뚝이요?

사랑을 믿고 매어둘
단단한 자신말일세.

사랑을 찾는 데
왜 그런 말뚝이 필요한데요?

믿기 위해서지.

말뚝이 시원찮으면
아무리 진심 어린 사랑을 받아도
믿을 수가 없거든.

내가 누릴 자격이 없는 행운이 굴러들어오면
의심하지 않을 수 없는 것처럼,

선물이야!

무슨 꿍꿍이야?

단단한 자신이 없으면
받은 사랑을 믿을 수 없어서
의심하고 불안해하기 마련이거든.

이거, 진짜 사랑 맞아?

진짠데…

그 불안과 의심을 떨쳐내려고
계속 사랑을 확인하고, 증명받기를 원하게 되지.

색이 좀 다른데?
바람피우는 거 아냐?

아니, 아니야.

그런 상황이 지속되면,
상대는 결국 의심과 불신에 지쳐 떠날 수밖에 없다네.

하지만 그건 믿음직하지 못한 사랑을 받은 게 아니라,

내가 사랑받을 자격이 있다고
스스로 믿을 수 없었던 것이지.

역시…
이런 나를 사랑할 리가 없는 거야…

이렇게 못난 나를 사랑할 리 없다고,
자신이 받은 건 진짜 사랑이 아니라
금방 식어버릴 마음이자 착각일 뿐이라고 여기게 되는 거라네.

이렇게 멍청하고 못생겼는데
나 같은 걸 왜 사랑하겠어!

그래서,
자신은 사랑받을 자격이 있다고 믿을
단단한 확신이 필요한 것이지.

내가 받는 사랑이
행운이나 우연, 착각이 아니라
진짜 사랑이라는 것을 믿고 꽉 붙잡을 확신 말일세.

그러니, 사랑을 찾는다면
단단한 말뚝을 갖추시게.

썩은 말뚝으로는 사랑은커녕
쪽배 한 척조차 붙잡을 수 없으니.

근데…

꼭 이렇게 건너야 돼?

배가 없으니 어쩔 수 없잖아.

그렇긴 한데…

그리고, 물고기하고 펭귄이 수영하는 게
이상한 일도 아니잖아?

안녕하세요?

어, 안녕?

여기서 뭐해?

집 지을 준비를 하고 있어.

이 작은 섬에?

여긴 좁으니까,
다른 섬을 붙일 거야.

다른 섬이요?

제각각 흩어져 있던 조그만 섬 두 개를 붙여서

그 위에 같이 살 집을 짓는 거야.

그렇게 짓는 건
되게 위험한 거 아니에요?

안전하진 않지.

한쪽만 떠나가려 해도

양쪽 모두의 행복이 부서지고 마니까.

그럼 그냥 외로운 섬으로 남는 게 낫지 않아?

실수가 될 일이라면,
시도하지 않는 게 낫잖아.

그럴 수도 있지만,

아무런 시도를 하지 않는 것도
정답이 아니라 또다른 실수가 될 수 있지.

우리가 할 수 있는 건 실수 한 톨 없는
말끔한 선택이 아니라

실수일지도 모르는 시도뿐이니까.

나 저거 사 주라.

저건 고양이용인데?

재미있어 보여.

어때?

마음에 들지?

4장

준 만큼은
받고 싶은데

#사랑을 받으려 하면

저기, 생선과 새야.

이 불쌍하고 배고픈 동물에게
바나나 한 개만 주지 않으련?

그럼 당신은 뭘 줄 건데?

배고파서 죽을 것 같은 누군가의
생명을 구하는 값진 경험은 어때?

고작 바나나 한 개로
자비롭고 친절한 동물이 될 절호의 기회야!

배고파서 죽으려는 것치곤
쌩쌩해 보이긴 하는데…

헤헤. 친절하기도 하지.
내가 뭐 도와줄 건 없나?

사랑이 뭔지 아세요?

사랑?

사랑을 찾고 있어요.

어떤 사랑을 말하는 건데?

그냥, 흔히 말하는 사랑이요.
외로움을 덜어주고, 제 삶의 의미를
확신하게 도와주고…

고것 참, 이상한 말이구나!

왜요?

가난을 찾아 헤맨다니,
그야말로 이상한 소리지!

사랑이 왜
가난이에요?

내가 가진 것을 나누기 위함도 아니고,
상대에게서 마음을 받아내어 나를 채우고자 하는
열망이라면 그건 사랑보다는 가난이니까!

저도 공짜로 바라는 건 아닌걸요. 저도 사랑을 줄 테고,
사랑받을 자격을 갖추려고 노력도 하니까요.

그래, 몸매를 열심히 가꾸거나,
돈을 많이 벌거나, 잘 생겨져서 자격을 갖춘다는 거지?

…그것도 노력이죠.

그럼 자네는 사랑을 할 순 없어.
받는 것도 어렵겠지.

왜요? 제가 노력하면 되잖아요.

정말 그게 자네의 노력에 달려 있는 일인가?
만약, 자네가 열심히 노력했는데도 타인이 자네를
사랑받기에는 부족하다 평한다면 어떨까?

혹은 자네가 어찌할 수 없는 이유들 때문에
자네에게는 사랑받을 자격이 없다고 한다면?

넌 키가
너무 작아서 싫어.

…그렇게 말한다면,
제가 할 수 있는 건 없겠죠.

사랑받을 수 없는 자신을 원망하거나,
자신을 사랑해주지 않는 세상을
원망하는 것이 고작이겠지.

사랑을 받으려는 자는
사탕을 받으려는 아이처럼 무력해지기 마련이야.

자신의 의지나 선택보다
타인의 기준과 자비와 동정에 의존하는
어리숙한 존재로 남게 되지.

사탕 먹으면 안돼요?

안돼. 아직 밥
안 먹었잖아.

힝.

그러니, 사랑을 받는 것이
사랑을 하는 목적이라고 생각하면
자네는 사랑의 주체가 될 수 없어.

그러면 어떻게
사랑을 해야 되는데?

고것은…

자네들이 찾아야지!

#절대 손해 보지 않을 거야

안녕하세요?

뭐 해?　　　상품을 지키고 있지.

뭘 파시는데요?

내 마음.

절대 손해 보지 않고
마음을 팔 거야.

마음의 무게를 아주 신중하게
저울에 올려서,

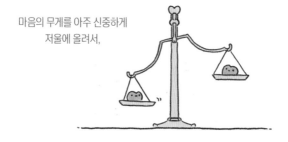

절대 받은 것보다
더 주지 않는 거지.

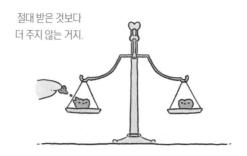

그런 식으로 관계를
맺을 수가 있나요?

왜 안 되겠어?

상대가 마음을 던질 때까지
기다리면 되지.

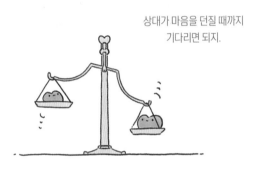

상대도 저를 기다리고 있다면요?

그럼 끝이야.
마음을 먼저 내줄 만큼
나를 좋아하지 않는 거니까.

나는 손해 보는 장사는
절대 안 할 거야.

어떻게 생각해?

영 아닌 것 같아.

왜?

그야,

저런 식으로 관계를 맺으려면
언제나 상대가 먼저 마음을 줘야 하니까.

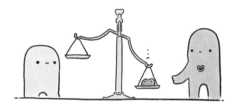

그건 너무 수동적인 태도야.

그래도 난,
이해할 수 있을 것 같아.

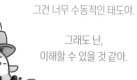

마음을 떼어먹히는 건
굉장히 외롭고 비참한 일인걸.

저렇게 하면 적어도 마음을
떼어먹히지 않을 수는 있잖아.

그렇기는 하겠지.
그게 전부겠지만.

어렵네…
둘 다 좋은 방법은 아닌 것 같은데…

음…

안녕? 오늘은 괜찮아 보이네.

아? 안녕하세요?

자주 만나네.

요즘은 필요한 거 없니?

어항 할부도
아직 안 끝났는걸요.

아핫.

장사는 잘 되세요?

나쁘지 않아.
일한 만큼 남는 장사거든.

장사를 잘하는 특별한
방법 같은 게 따로 있나요?

별것 없어.
싸게 사서 비싸게 파는 거지.

적어도
준 만큼은 받아낸다는 거네.

그치그치.

근데 왜 마음은,
관계는 그렇게 하는 게 어려운 걸까요?

응?

마음을 주고받는 것도
손해 보지 않고 싶은데,
적어도 준 만큼은 받고 싶은데
그게 너무 어려워요.

그건 아주 올바른 태도야.
나처럼 손해 보지 않는 장사꾼의 태도지.

천 원의 가치를 지불했으면
천 원, 혹은 그 이상의 가치를 받아내는 것.

그건 당연한 기대고 공정한 거래지.
지불한 만큼 받지 못하면 너는 사기당한 거고.

돈… 먹었네?

마찬가지로, 천 원어치의 마음을 줬으면
천 원어치의 마음을 받기를 기대하는 게 당연하겠지?

뭐… 그쵸?

자, 그럼 내가 길에서 주운
이 돌멩이를 줄 테니까

네 가방을 내게 줄래?

제 가방이요?
낡긴 했지만,
돌하고 바꿀 정도는 아닌데요.

백만 원이요?

왜? 내가 생각하기에
내 돌은 백만 원쯤 되는데?

백만 원?

자, 이러면 나랑
거래를 할 수 있겠니?

아뇨. 못하죠.

가격이 제멋대로잖아.

너희가 사고 팔려는 마음도 그래.

관계에서 주고받는 마음에 정해진 가격 같은 건 없지.

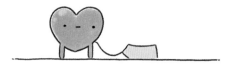

그래서 다들 자신이 주는 마음의 가격을 스스로 정해.

이 정도는 돼야지!

그런데, 가까이 있는 건
멀리 있는 것보다 크게 보이기 마련이잖아?

마음도 마찬가지라,
자신이 지불한 희생, 인내, 고통 같은 것들이
상대의 것보다 더 크게 보이기 마련이야.

그런 거래를 하면 어떻게 될까?

…아마 서로 손해 본 기분이겠죠?

서로 더 큰 걸 줬다고 생각할 테니까요.

맞아.

서로 자신이 준 것보다
더 작은 것을 받았다고 여기게 되는 거야.

누구도 속이지 않았지만,
둘 다 손해 보는 장사를 한 거지.

왜 나만큼 노력을 안 해?

내가 얼마나
많은 걸 희생했는데!

사기꾼은 없는데,
피해자만 둘인 우스꽝스러운 상황이 되는 거야.

이 사기꾼!

준 만큼 받아내겠다는 건
돈으로 하는 장사에서는 합리적이고 공정한 생각이지만,

가격을 정할 수 없는 마음에도
똑같이 써먹으려 하면 관계를 망가뜨릴 뿐이라는 거지.

#손해 보는 장사

사랑을 받으려는 마음으로는 사랑을 할 수 없고,
사랑을 거래하려는 마음으로는 서로 손해만 볼 뿐이라는 거네.

둘 다 아니라면…

주는 것만으로 만족해야 한다는 건가?

하지만, 그건 너무 어려워.

주는 것만으로 마음을 채울 수 있다면 정말 좋겠지만,

아무리 좋아하는 이에게 주는 것이라도,
받지 않고 주기만 하는 건 굉장히 외로운 경험이었어.

그러면,

거래를 하는 건 어때?

거래?

그건 손해 본 기분만 남게 되는걸.

대신, 손해 안 보는 장사가 아니라

손해 보는 장사를 하는 거야.

손해 보는 장사라고?

아무 기대 없이 마음을 내어주진 않더라도,
받은 것보다 조금, 약간이라도 더 얹어서 돌려주는 거지.

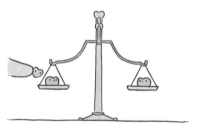

조금씩만?

응. 떼어먹히지 않을 정도로.

받는 것보다 조금만 더 마음을 표현하고,
받은 용기보다 조금만 더 용기를 내고 조금만 더 애쓰는 거지.

물론 주는 것만으로도 만족할 줄 안다면
정말 좋겠지만, 그건 쉽지 않은 일이니까.

응.

그렇게 한다면
많이 이득 보는 장사를 할 수는 없겠지만,

더 좋은 관계를 만들 수 있지 않을까?

5장

관계를
맺는 이유

#다툼

이제 슬슬 가자.

좀만 더 쉴래…
피곤하단 말이야.

좀만 더 가면
편하게 쉴 수 있잖아.
가서 쉬자.

피곤해.
많이 걸어서 힘들다구.

그럼, 나도 너한테
안 타고 걸을 테니까.

그럴 거면 아예
먼저 가지 그래.
너 혼자 걸어갈 수 있잖아.

그런 말이 아니잖아.
같이 가서 편하게 쉬자는 거지.

난 여기서 쉬다가
가고 싶다고.
넌 네 마음대로 해.

진짜 갔네?

#관계를 맺는 이유

안녕하세요?

아니!
안녕하지 않아!

이런, 그렇군요.

어디로 가세요?
곧 어두워져서 걷기 힘들 텐데요.

몰라! 알아서 가라는데
난들 어떻게 하라고!

누가 그랬는데요?

게을러빠진 펭귄이.
같이 기서 쉬자니까 자기는 길바닥에서
쉬겠다고 이상한 고집을 부리잖아!

네 마음대로 하라면서,
내 말은 귓등으로도 안 듣고!
나만 좋자고 그런 것도 아닌데!

그렇게 같이 다니는 친구한테
필요 없다는 식으로,
혼자 가 버리라고 하는 게 말이 돼?

그러면,
왜 함께 다니는 건데요?

개도 내가 필요하고,
나도 개가 필요하니까.
관계라는 게 그렇잖아.

글쎄요?

그건 서로가 필요한 거지,
관계가 아니잖아요.

그게 무슨 차이가 있어?
필요하니까 관계를 맺는 거잖아.

큰 차이가 있죠.

관계에서 필요는 서로가 떨어질 수 없는 이유예요.
네가 없으면 외로울 테니 네가 필요해, 나
네가 없으면 생활이 어려울 테니 네가 필요해, 라는 거죠.

하지만 정확하게는
외로움을 이겨내기 위한 관계가 필요한 것이고,
생활의 어려움을 헤쳐나가기 위한 수단이 필요한 거죠.
내 부족함을 채우기 위한 필요예요.

그런 필요는 서로가 떠나가지 못하게
묶어 두는 보험이 될 수는 있지만,

그게 관계의 이유가 되어 버리면,
그땐 필요를 위한 사이가 되는 거예요.

서로가 서로를
자신의 필요를 위한
도구로 사용하는 거죠.

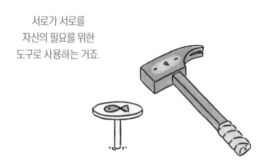

하지만 우리는 도구가 아니잖아요?
친구나 연인을 사용하기 위해 사귀는 것도 아니고요.

그렇지만 필요로
묶지 않으면 불안하잖아.

언제든 떠나갈 수 있다는 거니까.

맞아요. 묶지 않았다는 건 떠나갈 수 있다는 말이죠.
하지만 저는 그래야만 한다고 생각해요.

왜?

관계는 떠날 수 없어서
함께하는 것이 아니라,

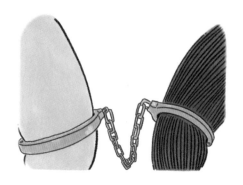

떠날 수 있지만,
함께하기로 선택하는 거니까요.

#감정의 뿌리

안녕하세요?

아뇨, 그다지
안녕하진 않네요.

이상하네요.
방금 비슷한 대답을 하는
금붕어를 만났거든요.

걔요?
걔는 자기밖에 모르는
동물이예요.

제가 봤을 때는
그렇지 않던데요.

걔를 잘 몰라서 그래요.
걔는 하나도 고마워
할 줄 모르는걸요!

걔는 제가 맨날 머리에 자길 얹고 다니는 게,
밥 챙겨주는 게, 어항 청소해주는 게
얼마나 번거로운지도 몰라요!

그래 놓고
제가 좀 쉬다가 가자고 하니까
그걸 기다리기 싫어서 먼저 가 버렸다구요!

아하.

190

그 친구가 이기적이어서
화가 나신 건가요?

그런 셈이죠.

정말요?

거짓말이 아니에요.

그건 알아요.

제가 궁금한 건,
그게 진짜 이유냐는 거죠.

무슨 뜻이에요?

폭탄이 터지는 이유는
도화선에 불이 붙었기 때문이라기보다는,
안에 화약이 있기 때문이잖아요.

그것처럼
당장 화를 내는 이유는 그저 도화선일 뿐,

근본적인 이유와는 전혀 다를 때가 많거든요.

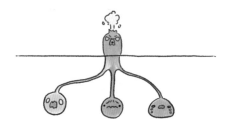

보이지 않는 것을 무시하고
보이는 이유만을 전부라고
생각해 버리면,

진짜 원인은 모르는 채
사소한 이유에만 집중하게 되고,

그 사소한 이유로 화를 내는
자신을 변호하려 애쓰게 되죠.

하지만 그건 결국 도화선일 뿐이에요.
해결해도 진짜 원인은 그대로 쌓여 있죠.

언제든 새로운 불씨가 붙으면
다시 터지고 말 거예요.

그러니 자존심 싸움에서 이겨서
상대를 꺾는 것보다는,

사소한 불씨로도 터질 정도로
한가득 쌓여 있는 마음을 정리하는 게 중요하죠.

예전에는 너는 내가 필요했고,
나 없이 살기 힘들었잖아.

하지만 지금은 내가 없어도
너 스스로 너를 돌볼 수 있지.

우리의 관계를 묶어야만 하는
이유가 줄어들어서

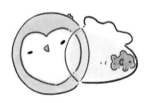

네가 떠날지도 모른다는 불안감에
화를 냈던 것 같아.
너는 더 이상 내가 필요하지 않으니까.

맞아.

너는 외로움을 달래기 위해 나와 함께하기로 했고,
나는 다리가 필요해서 너와 함께했던 거니까.

그게 우리 관계의 이유였어.
서로를 필요로 묶었지.

그건 지금까지는 괜찮았지만,
앞으로도 한동안은 괜찮겠지만, 이대로라면
시간이 흐를수록 우리는 서로를 미워하게 될 거야.

서로를 위해 희생하는 것들이 점점 크게 느껴질 테지만,
묶여 있기에 서로를 떠날 수 없을 테니까.

내 불행에 눈이 멀어 상대의 희생을 보지 못한 채,
서로를 자신의 자유를 앗아간 강도처럼 미워하게 될 거야.

나는 우리가 그러지 않았으면 해.
함께하고 싶으니까 함께했으면 좋겠어.

서로를 떠날 수 있다는 건
불안한 일이겠지만,

떠날 수 없어서 떠나지 못하는 건
관계가 아니라 속박이니까.

뭐, 그렇다고 어느 날 훌쩍
떠나 버리겠다는 건 아냐.

언제까지라도 함께, 같은
낭만뿐만 말은 하지 않겠지만.

너와 함께하기로 했으니까,
내 선택에 책임을 질 거야.

응

그러니까, 내가 그렇게 좋으면
좋다고 말로 하란 말이야.

6장

이해하지 못해서
사랑해

#사랑은 노력? 행복?

어디로 갈까?

저기 어때?

데이트 코스?

응.

미안.

갑자기 왜?

나는 너를 탈것 및 친구 이상으로
생각해본 적 없어.

얼씨구?

누가 나랑 데이트하쟤?

너무 상처받진 말고.

화나네.

물어보러 가는 거야.
사랑을 하는 커플들은
사랑을 알 거 아냐.

그래, 그래.

그렇다고 해 줄게.

너 내려.

이이잉.

안녕하세요.
뭐 하나만 물어봐도 될까요?

뭔데요?

사랑이 뭔지 아세요?

물론이죠!

사랑은 행복이죠.

노력이요.

왜 노력이야?

그야, 사랑을 계속 하려면
서로를 위해 노력해야 하잖아.

날 사랑하는 데
노력이 필요하다고?

아니, 그런 의미가
아니라…

저번에는 나를 만나는 것만으로
행복하다고 했었잖아!

물론 행복하지.
그러니까 이 행복을
유지하려면…

노력을 해야 한다구?
그러면서 오늘도 늦게 왔잖아.

그건, 차가 밀려서
어쩔 수 없었던 거야.

한두 번이 아니잖아!
맨날 바쁜 척, 일한다고 연락도
몇 시간씩 끊으면서 노력이 중요하다구?

정말 바빴으니까 그렇지!

답장할 30초는
노력하기도 아깝나 봐?

#하지만, 잘 모르겠어

무섭게 싸우네.

연인에게는 너무
위험한 질문인가…?

더 물어볼 자신이 없어졌어.

한 번만 더 물어보자.

저 하얀 새들 어때?

이번에는 괜찮으려나…?

그럼 그럼.

사랑이 뭐냐구요?

네.

사랑은… 음…

흐음…

잘 모르겠어요.

모르겠다구?

네.

두 분, 사귀시는 게 아닌가요?

맞아요. 사랑을 하고 있죠.

그런데 왜 몰라?

사랑을 하고 있지만,
사랑을 안다고 할 수는 없어요.

왜요?

사랑은 한 연인의 이야기지만,

우리는 그 속에서 각자의 사랑을 체험하니까요.

함께 시간을 보낸다고 해서
똑같은 느낌을 공유하는 건 아니잖아요?

하나의 관계지만
각자의 느낌을 갖는 거죠.

하지만 어느 쪽도 옳거나 틀리지 않아요.
그저 관계의 일부를 체험한 것뿐이죠.

대화를 통해
서로의 경험을 듣고 짐작할 수 있을 뿐이에요.

그리고 그렇게 한다 해도 관계의 전부를
다 안다고 할 수 없구요.

그러니까, 자신이 그 중심에 있다고 해서
관계에 대해 아주 잘 안다고 확신하는 건

자신이 체험한 부분이
관계의 전부라는 착각을 하는 거라고 생각해요.

#잃는 게 더 많은 욕심

안녕하세요.

안녕?

뭐 만들어?

선물.
곧 애인 생일이거든.

정성 가득하네.

우와.

애인이 멋있게 생기셨네요.

헤헤. 실제 모습보다
이게 더 멋지게 깎인 것 같아.
원랜 조금 더 포동포동하거든.

그럼 이렇게 만든 건
애인이 이런 멋진 모습으로
변했으면 하는 마음인 거야?

그런가? 그것도 나쁘지 않은걸.

그래도 그건 내 욕심이니까.
지금도 좋아.

욕심이야?
사랑하는 상대가 멋있어지면 좋잖아.

물론 좋지.
몸짱인 게 왜 싫겠어.

하지만 그건 잃는 게
훨씬 더 많은 욕심이야.

뭘 잃는데요?

서로에게 솔직할 기회,
편하게 기댈 기회를 잃어버리겠지.

사랑을 인질 삼아 변화를 강요한다면,
아마 그는 더 좋은 몸매를 가질 수 있겠지만

당장 살 빼지 않으면
사랑을 끝장내 버리겠어!
날 사랑하면 노력하란 말이야!

대신 내 기대를 위해 자신의 욕망을 꺾어야만 하겠지.
스스로를 위해서가 아니라 나를 위해서 말이야.

빨게, 빨게.
진짜로.

그러면 그는 나와 함께하는 순간이 불편해지겠지.
나를 마음을 터놓을 수 있는 애인이 아니라
자신의 욕망을 숨겨야 할 잔소리꾼으로 느낄 테니까.

게다가 지금은
많이 찐 것도 아니고 말이야.

만약에,
엄청 찌면?

그때는 같이 노력해야지.
나의 사랑이 아니라, 우리의 사랑을 위해서.

#무관심한 애정

안녕하세요.

안녕안녕.   안녕하세요.

가방이 멋지네요.

반짝반짝하네.

그러게요.

가방 주인이 다른 동물인가요?

아뇨.
제가 오늘 선물받은 가방이에요.

우와, 좋겠네.

글쎄요…

왜요? 마음에 안 드세요?

네. 가방보다,
우리 사이가요.

왜? 이렇게 비싸 보이는
가방도 줬잖아.

그렇기 때문이에요.

저는 이런 비싼 핸드백을 바라지 않았거든요.
비싸서 들고 다니기도 어렵고, 부담스러워서요.

그래서 남자친구한테 비싼 거 말고
간단한 걸로 충분하다고 했었죠.

이번 생일에는
기대해도 좋아!

비싼 거 사지는 말구.
목도리 하나면 좋을 것 같아.

그런데 제 말을 오해한 건지, 듣지 않은 건지 몰라도
이 비싼 핸드백을 사왔지 뭐예요.

그냥 기쁜 척하면서 넘어가긴 했지만,
제가 바란 건 이런 비싼 선물이 아니었는걸요.
말을 안 한 것도 아니구요.

게다가 제가 싫어하는 색으로 골라오기까지 했죠.

그가 이런 선물을 할 정도로 저를 좋아한다는 걸 알게 되었지만,
동시에 제가 뭘 싫어하고 좋아하는지도 모를 정도로
무관심하다는 것도 알게 되었어요.

그렇다고 이 가방은 내가 받기에는 너무 비싸고,
내 취향도 아니라고 하는 건
그의 노력을 무시하는 게 되어 버릴까 봐 별다른 말도 못했죠.

왜 이렇게 비싼 걸 샀어?

자기가 좋아할 것 같아서!

웃기는 이야기죠?
그는 이 비싼 선물로
저를 외롭게 만들었어요.

왜일까?

무관심한 거지.

자기 애인이 무슨 색을 싫어하고
좋아하는지도 모를 정도였잖아.

관심이 없었으면
그런 선물을 할 리가 없지 않을까?

그도 나름대로 좋은 애인이 되려고 노력한 거지.

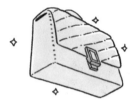

그럼 뭐해. 정작 여자 친구는 핸드백을 원한 적도 없는걸.
그건 자신을 위해 한 선물이잖아.

자신을 위해서라구?

응. 그녀가 아니라.

음…

?

그는 잘못보다는,
오해를 한 게 아닐까?

무슨 오해?

자신을 좋은 남자 친구로 만드는 게
가장 중요한 것이라는 오해.

좋은 남자 친구라는 역할을 잘 채우면
좋은 관계를 만들 수 있다고 생각한 거야.

하지만 그건 그가 생각한 좋은 남자 친구일 뿐,
그녀에게 좋은 애인이 되는 길은 아니었던 거지.

오히려 그가 자신의 역할을 채우는 동안,
그녀는 둘의 관계에서 소외된 거야.

몰랐던 거라고도 할 수 있지.

뭐를?

관계에서 내가 누구인지
결정하는 건

내가 아니라 우리라는 걸.

그러니까 내 말은…

난 널 사랑하지만,
종종 널 이해할 수 없다고
느낄 때가 있다는 거야.

어떤 때?

꼭 집어 말하긴 어렵지만,
나와 다른 생각을 하는 것 같을 때?

그게 뭐야.

그런데 날 사랑한다구?

그래서 널 사랑하는 게 아닐까?

나도 지금 네 말이
이해가 안 되는걸?

그럼 쌤쌤이네?

서로를 이해하지 못하면서
사랑할 수가 있나?

그러게. 그게 가능한가?

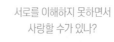

한 쌍의 연인이 되려면
서로를 잘 이해해야 할 것 같은데.

안 그러면 어떻게 하나가 되겠어?

서로 이해를 못하면 맨날 싸움만 하겠지.

나도 그렇게 생각하는데,

방금 그 한 쌍은
우리 생각하고 정반대인걸?

그러게…?

뭘 놓친 걸까…?

#완전히 이해받기를 바라는 것은

잘 모르겠네⋯ 이해는 못하지만
사랑한다는 게 어떤 건지.

방금 지나간 커플은 이해가 필요 없는
가벼운 사랑을 하는 거 아닐까?

그런가⋯?

저기, 친구들.

물 한 모금만 얻어 마실 수 있겠소?
있는 걸 다 마셔 버려서 말이오.

네, 물론이죠.

고맙소. 정말 친절하시구려.

별것 아닌걸요.

물값으로 뭐 하나만 물어봐도 돼?

물론이오.
너무 어려운 질문만 아니라면,

가벼운 연애가 아니라
진짜 사랑을 하려면 어떻게 해야 할까?

진짜 사랑이라는 건
어떤 사랑을 말하는 것이오?

서로를 완전히 이해하고,
두 명이 만나 하나를 이루는 그런 사랑이요.

그것 참, 이상한 사랑이구려.

왜요?

살면서 해본 적도,
본 적도 없는 사랑이기에 그렇소.

내게 그런 사랑은
불가능한 환상일 뿐이라오.

어째서요?

그건, 우리가 각자
깊은 우물을 품고 있기 때문이오.

우물?

시선이 닿기에는 너무 깊고 어두워
끝이 보이지 않으며

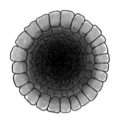

말이 되지 못한 기분과 버려진 기억과
해서는 안 되는 생각들이 고이는 곳.

우물의 주인인 자신도
그 아래에 뭐가 있는지
다 알 수 없는 곳이오.

그래도 시간과 마음을 쏟아 대화를 나누면,
언젠가 서로를 완전히 이해할 수 있지 않을까요?

서로를 이해하는 순간이 있을 수는 있소.
하지만 완전한 이해나
그림자 한 점 없는 관계는 불가능하오.

왜 안 되나요?

여러분은 자신의 모든 감정이나
행동의 이유를 다 알고 있소?

음…

…아뇨.

우리는 자신이 어째서 사랑에 빠지는지,
마음이 식어 버리는지, 후회할 말을 뱉어 버리는지,
바보 같은 실수를 저지르고 마는지 모르오.

자신을 이해하려면 아주 오랜 시간과 노력을 들여
자신의 우물을 들여다보아야 하오.
왜, 라는 질문을 수없이 던져야만
겨우 조그마한 대답을 주울 수 있지.

그건 결코 쉬운 일이 아니오.
부끄러움과 자괴감, 자존심을 지키려는 유혹들이
진실에서 눈을 돌리게 만들어 버리기 때문이오.

저건… 어쩔 수 없는 일이었어.

설령 어려움을 극복하고 진실을 찾아
애써 말로 내어놓는다 해도

그건 내 불안함 때문이었어.

듣는 이가 그것을
오해 없이 듣는다는 보장도 없소.

네가 나를 불안하게 만들었지.

그렇기에,
타인에게 완전히 이해받기를 바라면

도리어 큰 실망을 하기 마련이오.

7장

필요한 가벼움

#이상한 건 아니잖아

무슨 일이야?
응큼한 짓이라도 했어?

아뇨! 아니에요.

안녕하세요.

오해하지 마세요.
저 그런 동물 아니에요.

무슨 일인데요?

여자 친구가 자기의 어떤 점이 좋아서
고백했느냐고 묻길래…

네가 예뻐서 고백했다고 했죠.
섹시해 보였다구요.

예쁘고 섹시해 보여서!

근데, 그렇게 대답하니까
몸하고 얼굴 보고 사귀자고 한 거냐고 묻더라구요.
그때 뭔가 잘못되었다는 걸 알았죠.

어… 어?

얼굴하고 몸 보고
사귄 거라구?

무슨 그런 이유로 사랑을 고백하느냐고,
그건 자신을 사랑하는 게 아니라
그저 같이 잘 상대를 찾는 거라면서 화를 내더라구요.

그래서… 빰 맞고…
이렇게 돼 버렸네요.
대체 왜 화내는지 전 모르겠어요.

사랑하고 육체적인 욕망이
같이 있는 건 이상한 게 아니잖아요…
그쵸?

글쎄요…

어떻게 생각해?

네 몸이 좋아서
고백했다는 거?

난 그런 말을 들으면
기분이 썩 좋을 것 같지는 않아.

왜?

네 몸이 좋아서 너랑 사귄다는 건
엄청 가벼운 고백이잖아.
마음이 아니라 성욕에서 나온 말이고.

259

그럼 뭘 보고 사랑을 말해야
괜찮은 이유가 되는데?

두툼빵빵한
지갑?

높은 점수나
똑똑한 머리?

보이지도 않는
맑은 영혼?

…그렇게 들으면
그것도 이상하네.

몸을 사랑하는 것만
안 될 이유가 뭔데?

그래도, 몸을 보고 만난다는 건
한없이 성욕에 가까운 고백이잖아.

성욕을 사랑이라는 포장지로 싸서 속이는 거지.

그런 거짓말을 사랑이라 할 수는 없다고 생각해.

내 생각은 달라.

매력적인 상대에게 성욕을 느끼는 건
자연스러운 일이잖아.
우리의 본능이자 세대가 이어지는 방법이기도 하고.

성욕이 곧 사랑이라고 할 순 없지만,
사랑 속에 성욕이 있는 건 자연스럽다고 봐.

누구세요?

성욕이용!

그렇다고 해도,
성욕을 채우기 위한 사랑 고백은 안 되지.
그건 속임수잖아.

음…

그래도, 솔직한 대답이
거짓말보다는 낫지.

글쎄…

#필요한 가벼움

그래도, 수컷 늑대가
잘못한 건 맞잖아.

에이, 잘못은 아니지.

수컷 늑대는 그저
솔직하고 본능적인 대답을 했을 뿐이야.

그치 그치.

?

너도 이제 인정하네.

내가 한 말
아닌데?

안녕안녕?

잉?

거기서 뭐 하세요?

나무에 걸렸어.
도와주라.

고마워!

내 살다살다
고양이를 구하는 날이 오네.

신기하게
움직이시네요.

다리 안 아프고 좋아.
가끔 나무에 걸려서 그렇지.

근데, 방금 무슨 재밌는 얘기
하고 있지 않았어?

재밌는 얘기였나?

남들 사랑 얘기는
언제나 재밌지.

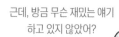

육체적 사랑이 진짜 사랑인지에 대해
얘기하고 있었어요.

오옹.

이떻게 생각해?

육체적 사랑은
말이지…

그건…
그으거언…

가볍지!
나처럼!

왜 가벼운데?

왜냐면!

오직 육체가 매력적이기 때문에
사랑하는 것이라면,

더 매력적인 육체를 가진 이가 나타났을 때,
사랑이 옮겨가지 않을 리가 없잖아?

게다가 제 아무리 아름다운 육체라도
흐르는 시간에 쓸려 낡아 버릴 수밖에 없고 말이야.

그러니 육체적 사랑은
욕망과 얽혀 뜨겁게 타오르지만,

동시에 쉽게 옮겨 붙을 수 있고,
오래 지속되기는 무척 어려운 불꽃과도 같아.

그럼, 몸을 사랑한다는 건
사랑이라기보다는
순간의 욕망에 가까운 거네요?

아니, 그렇지는 않아.

?

방금 몸에 대한 사랑은 가볍고,
점점 사라지는 것이라고 하셨잖아요.

그랬지.

그렇다고 그 사랑이 그저
욕망의 포장이라는 건 아냐.
필요한 가벼움이지!

사랑을 시작하는 건 쉽지 않은 일이야.
사랑을 하면서 잃을지도 모르는 마음,
허공으로 흩어질지도 모르는 시간,
실패의 아픔을 다 알면서도

뛰어들 용기를 내야만 하니까.

하지만, 보이지도 않고 만질 수도 없는
영혼이나 정신 같은 걸 기대하면서
그런 용기를 내는 건 무척 어려운 일이지.

그때 필요한 건 만질 수 있고 볼 수 있는 것, 즉
아름다운 미소나 매력적인 신체를 사랑하고
욕망하는 분명하고 선명한 기쁨이야.

그러니까,
말하자면…

육체를 보고 사랑에 빠지지만,
육체의 아름다움은 가벼운 것임을 알고
그보다 더 깊은 곳에 있는 아름다움을 사랑하게 되는 거야.

우왕!

고마워.

패션이 굉장히
독창적이시네요!

아, 감사합니다.

내 신발 괜찮지?

제 모자 나쁘지 않죠?

???

8장

어쩔 수가
없는 마음

#아름다운 집에서 산다는 것

아기자기한 집이네.

집이 참 예쁘네요.
깔끔하고요.

호호, 고마워요.
열심히 가꾼 보람이 있네요.

이 집도 처음에는 엉망이었답니다.
제대로 된 게 하나도 없었죠.

정말요? 엄청 깔끔해서
상상이 안 되는데요.

누구라도 이런 집에서 살면
행복할 것 같아요.

호호, 모두가 그렇진 않을 거예요.

아름다운 집에서 산다는 건,
아름다운 집으로 이사하는 것과는 다르거든요.

이전 집에서 엉망으로 살던 이가
다른 이가 꾸며 놓은 집으로 이사를 하면
그 집의 아름다움은 아주 잠시 동안만 유지될 뿐,

꽤 괜찮은걸?

얼마 지나지 않아 그가 전에 살았던 곳처럼
엉망이 되어 버리기 마련이죠.

이 집 마음에 안 들어!

계속 아름다운 곳에서 살기 위해서는
필요한 것이 있어요.

어떤 것이요?

책임감을 갖고 정성스러운 노력과
애정 어린 관심을 들여서

내 힘으로 내가 머무는 곳을
아름답게 가꾸는 능력이지요.

아름다운 곳을 찾아 뛰어드는 게 아니라,
스스로 아름다운 곳을 만들어 내는 거예요.

#너무 깊어진 애정에 깔끔한 끝은 없어

해바라기네.

장식이라기에는
축 처져서 영 별론데.

살아 있을 때는
예뻤겠지.

지금은 죽었잖아.

?!

?!

맞아. 죽었지.

살아 있네?

아니, 죽었다니까?

말하자면, 살아 있는 관 같은 거지.

우와!

으아!

왜 몸하고 머리하고 따로 놀아?

이거?

내가 잘랐어.

바라기를 그만두고 싶었거든.

머리를 자를 정도로?

꽃이긴 하지만, 응.

누구를 그렇게 사랑했는데요?

저 위에 있는 거.

깊은 사랑이었어.

세상이 내 이름을 잊고
바라기라 불러도 좋을 만큼.

재는 해밖에 모르나 봐.

그러니까 해바라기지.

닮아간다는 말은 최고의 칭찬이었고,

저렇게 매일 봐서
닮아가는 건가 봐.

오직 바라보는 것만으로도
하루를 가득 채울 수 있었지.

질리지도 않나?

하지만, 결국 그런 사랑도 미쳐 버린
꽃의 망상이었다는 시시한 이야기야.

머리를 잘라내지 않고서는
끝을 낼 수도 없었던 거예요?

너무 깊어진 애정에 깔끔한 끝은 오지 않아.
무언가 내놓아야만 하지.

나에게는 그게 내 목숨이었던 거고.

#어쩔 수가 없는 마음

주제넘은 욕심을 품은 대가지.

짝사랑이
그렇게 큰 욕심은 아니잖아.

누구나 살면서
빠질 수 있는 거고.

왜 날 봐?

그것 때문에 목숨을 잃는 건
너무 가혹한 일 같은데.

맞는 말이야.

하지만 깊은 사랑에 발을 내딛는 일은
현명한 사리분별과는 거리가 먼 이야기지.

어리석고 무모하며, 유치하고 미친 짓이야.

그리고 그걸 알아도 자신을 말릴 수가 없지.

그래도 내 짝사랑이
가능성이 없는 바람인 걸 알면
마음이 식지 않아?

그런 말은 자주 들었지. 지금의 마음은
순간의 열병일 뿐이며 나중에 돌이켜 보면
다 부질없는 불장난일 거라는 말.

나도 알아.
사랑은 순간의 불꽃,
영원은커녕 평생 가질 수 없는
부질없는 뜨거움이라는 걸.

하지만 그 순간의 중심에 서 있을 때,
그 열기를 고작 시간에 묶인 마음이라 여길 수 있을까?

죽음으로도 지울 수 없을 것 같은 그 마음을?

믿기 싫고,
믿을 수 없지.

난 어리석고 무모해서
그런 사랑을 했던 게 아냐.

그저,
어쩔 수가 없는 마음이었던 거지.

#어떤 맛을 좋아할지를 선택할 수는 없잖아

아이스크림 사세요!

온갖 맛이 다 있답니다!
첫 키스처럼 달콤한 맛도 있고,
청춘처럼 새콤한 맛도 있어요!

그럼, 사랑 같은 맛도 있어?

사랑이요?

그건 없지만 비슷한
핑크핑크 딸기 맛은 있는데, 어때요?

그게 왜 비슷해?

핑크색이니까요?

사실, 사랑 맛 아이스크림은 없지만
아이스크림을 고르는 취향은
사랑 같은 면이 있죠.

어떤 면에서요?

우리의 선택이
아니라는 점에서요.

아이스크림을 선택하는 건 저잖아요.
저는 어떤 맛을 먹을지
선택할 수 있는걸요.

오, 맞아요.
우리는 우리의 손으로 선택을 내리죠.
하지만,

어떤 맛을 좋아할지를
선택할 수는 없잖아요.

초코 맛을 좋아하던 이가
나는 오늘부터 딸기 맛을 좋아하겠어!라고
다짐하면 취향을 손쉽게 바꿀 수 있을까요?

그렇진 않죠.

마음은 우리의 의지와 선택으로
움직이는 것이라기보다는

우리의 의사와 상관 없이 누군가에게 끌리는,
어쩔 수 없는 것이죠.

그 끌림 앞에서 우리의 이성은 한없이
나약한 것이 되어 버리곤 하구요.

만약 우리가 마음의 방향을 논리와 이성으로
바꿀 수 있다면

저쪽으로 가.

왜용?

이쪽으로 가면
다치니까.

사랑은 설득하고, 계산하고, 그것을 이해하는 것일 거예요.

하지만 그렇지 않죠.

시러용.

이렇게 우리의 선택이 아니라는 점에서
사랑은 취향과 같으면서도 훨씬 어려운 것이죠.

이건 두 개 먹으면 되거든요.

너무 많은데요 그건?

나눠 드시면 되죠!

9장

우리가 걸어서
북극성에
닿을 수 없듯이

#우리 사랑은 영원하리란 말

안녕?

뭐야, 왜 이렇게 늦게…

아니네?

누구 찾으세요?

배달 가야 할 시간인데,
직원이 출근을 안 했지 뭐야.
그렇다고 가게를 비울 수도 없는 노릇이구…

어디로 가는데요?

요 앞으로 조금만 가면
나오는 곳인데…

그럼 제가 지나가는 김에
가져다 드릴게요.

저엉말?

누구한테 주면 돼요?

나이 많은 거북이한테 주면 돼.
근데 앞은 보이니?

조금요.

자, 이건 가는 길에 먹어.

고맙습니다.
근데 받을 손이…

있네요.

?

이거 벌서는 기분인데.

밥 먹으려면
일해야지.

전방 두 걸음 앞에 돌멩이.

알았어.

전방에 커다란 동물.

응.

됐어?

무슨 일 있어?

저요?

아뇨… 그냥…
애인하고 헤어졌는데…

멍하고, 정신 없고 그러네요.
자꾸 사귈 때 하고 들은 말들이 떠올라서요.

어떤 말?

우리 사랑은
영원하리란 말이요.

차라리 순간의 불꽃이라 했다면,
분명 꺼지고 말 열기라 했다면

이렇게 허무하진 않았을 텐데.

화려하게 타오르는 순간의 불꽃에 눈이 멀어

우리 사랑은
끝나지 않으리라 믿어 버린 거예요.

이렇게 쉽게 사라지고 말
신기루 같은 마음을요.

아직도 모르겠어요.
어떻게 우리가 헤어진 걸까요?
왜 서로를 사랑할 수 없게 된 걸까요?

영원한 사랑이라 믿었던
그 뜨거운 마음이 어떻게…

#너의 본질을 사랑해

두 걸음 앞에 거북이.

그럼 다 왔네.

코알라 씨가 부탁한 채소예요.

원래 하던 친구는
그만뒀니?

그 친구가 까만 소였나요?

맞아.

오는 길에 만났는데,
오늘은 좀 아프시다네요.

에구, 저런.

온 김에 조금만 더 도와줄 수 있니?
좀 더 가야 해서 말이야.

네.

저, 가는 길에 뭐 좀
물어봐도 될까요?

응, 물론.

영원한 사랑을 아세요?

영원한 사랑?
글쎄, 안다고 하긴 어렵구나.

나는 영원히 살아본 적도,
영원히 살 수도 없는걸.
모두가 그렇지.

우리에게 주어진 시간에는 끝이 있으니까.

그러면, 우리 몸도 영원하지
않은데 영원한 사랑이 무슨 의미일까?

달콤한 사탕발림?

그럴 수도 있겠다만,

나는 조건 없는 사랑의
고백이 아닌가 싶구나.

시간이 지나면 사라질 가벼운 것들 때문에
너를 사랑하는 게 아니라는 거지.

네 몸이 흙이 되어도 남아 있을 너,

너의 본질을 사랑한다는
의미가 아닐까.

본질이 뭔데?

우리가 영혼이라 부르는
깊은 자아겠지.

영혼은 뭔데요?

나도 모르지.
아는 이가 없단다.
볼 수도, 만질 수도 없으니까.

그렇기 때문에,

영원이라는 시간의 길이로
영혼이라는 사랑의 깊이를
에둘러서 고백하는 거야.

#서로를 알아간다는 것은

영혼까지 닿는 사랑이라면서,
너의 본질을 사랑한다면서
왜 끝은 별 볼 일 없는 이별인 걸까요?

이별의 이유는 저마다 다르고,
그 모든 이별을 내 혀 하나로 묶어서 말하는 건
불가능한 일이야.

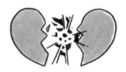

하지만 왜 처음의 열기를
간직하기 어려운지는 말해 줄 수 있겠구나.

우리가 어떻게 사랑에 빠지는지 아니?

모르는 구석을 자신의 환상과 기대로
채워서 뛰어드는 거죠.

잘 아는구나.

해 봤거든요.

사랑에 빠질 때는 상대의 현실 그대로가 아니라
자신이 기대하는 상대의 모습을 보게 되지.

상대의 매력을 물감 삼아
자신의 상상을 그려 내는 거야.

함께 보낼 시간의 달콤함, 반짝이는 미래,
외로움에서의 구원, 결핍의 충족… 온갖 좋은 것들을 말이야.

그런데, 그림을 그릴 때는
또 뭐가 필요하니?

그림을 그리려면 채워지지 않은 빈 공간이 필요해.
다른 그림이 그려져 있으면 그림을 그릴 수 없지.

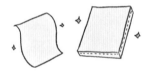

관계에서의 빈 공간은 상대에 대해 아직 모르는 부분이라고 할 수 있어.
긁지 않은 복권처럼 마음껏 상상하고 기대할 수 있는 빈 공간이야.

서로를 잘 모른다는 불안에서 벗어나서
자신이 품었던 기대와 상상을 확인하고 싶어 하니까.

사랑하는 이들은 세상 누구보다
서로를 깊게 알고 싶다는 열망을 품기 마련이잖아.

많은 것을 묻고 답하면서,
함께 시간을 보내면서 서로를 알아가지.

그런데,
알아간다는 것은 모르는 구석이 줄어든다는 거잖아?

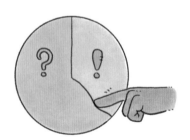

상대를 잘 모른다는 불안에서 벗어나지만,
동시에 상상이나 기대를 그릴 자리도 줄어드는 거야.

그렇게 서로를 알아갈수록 현실과 마주하게 되고,

기대와 환상을 연료로 쓰던 사랑의 열기는

더 이상 태울 것이 없으니
빠르게 식어 버리게 되지.

그래서,
빠져드는 사랑은 강렬하지만 오래 가기 어렵지.

그럼, 빠져드는 사랑이 아닌
완전한 사랑은 어떻게 하는데요?

그런 사랑은 없어.

없다구요?

사랑은 완성되지 않으니까. 다만,

완전해지고자 하는 사랑이 있을 뿐이야.

결국 전부
무의미한 몸짓이란 소린가?

그런 의미는 아닐 것 같은데…

닿을 수 없는 걸 알면서도
그걸 쫓는 건 그냥 바보짓이잖아.

음…

저런 거 아닐까?

어떤 거?

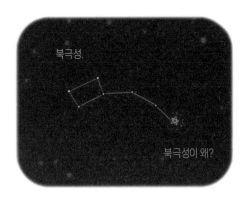

북극성.

북극성이 왜?

우리들은 북쪽으로 걷고자 할 때
북극성을 향해 걷지만, 그게
북극성에 닿고자 함은 아니잖아.

사랑의 완성이라는 것도,
완전한 사랑을 하는 게 목적이 아니라
더 나은 관계를 위한
방향을 잡는 것에 의미가 있는 게 아닐까?

음.

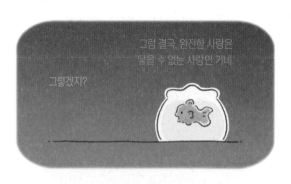

그럼 결국, 완전한 사랑은
닿을 수 없는 사랑인 거네.

그렇겠지?

우리가 걸어서 북극성에 닿을 수 없듯이,
완전한 사랑도 실현될 수 없을 거야.

우리가 하는 사랑은 완전하기는커녕
후회를 발자국처럼 남기는
어리숙한 사랑이겠지.

그래도 우리가 사랑 속에서 길을 잃고 헤맬 때,
나아갈 방향을 가늠하도록 도와줄 수 있을 거야.